Das magische Baumhaus junior

Mary Pope Osborne

Drachenabenteuer bei den Samurai

Bisher erschienen:

Band 1: Abenteuer bei den Dinosauriern
Band 2: Auf der Spur der Ritter
Band 3: Die rätselhafte Mumie
Band 4: Suche nach dem Piratenschatz
Band 5: Das Geheimnis der Ninjas
Band 6: Verborgen im Dschungel
Band 7: Gefahr für das Mammut
Band 8: Die verlassene Mondstation
Band 9: Das Geheimnis der Delfine
Band 10: Ritt durch den Wilden Westen
Band 11: Im Reich der Löwen
Band 12: Rettung für die kleinen Eisbären
Band 13: Der große Vulkanausbruch
Band 14: Gefahr im Drachenreich
Band 15: Abenteuer bei den Wikingern
Band 16: Auf dem Pfad der Indianer
Band 17: Auf der Spur des Tigers
Band 18: Kleines Känguru in Gefahr
Band 19: Das Geheimnis von Olympia
Band 20: SOS auf der Titanic
Band 21: Rettung vor dem Wirbelsturm
Band 22: Flucht vor dem Erdbeben
Band 23: Lampenfieber vor dem großen Auftritt
Band 24: Gorilla-Baby in Not
Band 25: Bedrohung im Paradies
Band 26: König Artus und die Mission der Ritter
Band 27: Geheimauftrag im Spukschloss
Band 28: Das geheimnisvolle Zauberschwert
Band 29: Im Reich des Eiszauberers
Band 30: Der Herrscher der Meere
Band 31: Der verborgene Wüstenschatz
Band 32: Geheimtreffen auf dem Eiffelturm
Band 33: Auf den Spuren des verzauberten Einhorns
Band 34: Drachenabenteuer bei den Samurai

Mary Pope Osborne

Das magische Baumhaus junior

Drachenabenteuer bei den Samurai

Aus dem Amerikanischen
übersetzt von Sabine Rahn
Illustriert von Jutta Knipping

Band 34

Loewe

Für Griffin Loehr van Rhyn,
einen guten Freund von Philipp und Anne

FSC
www.fsc.org
MIX
Papier | Fördert gute Waldnutzung
FSC® C018236

Klimaneutral
Druckprodukt
ClimatePartner.com/18521-2202-1001

ISBN 978-3-7432-1663-1
Überarbeitete Neuausgabe des Titels *Angriff des Wolkendrachen*
1. Auflage 2023

Aus dem Amerikanischen übersetzt von Sabine Rahn
Umschlag- und Innenillustrationen: Jutta Knipping
Umschlaggestaltung: Elke Kohlmannn
Printed in the EU

www.dasmagischebaumhaus.de
www.loewe-verlag.de

Inhalt

Für Merlin!

Philipp träumte, dass ein kleiner weißer Vogel mit dem Schnabel an sein Fenster klopfte. Tock, tock …

„Aufwachen, Philipp“, flüsterte Anne.

Philipp schlug die Augen auf.

„Sie sind da!“, sagte Anne. Sie lief hinüber zum Fenster und winkte nach draußen. „Teddy und Kathrein! Sie werfen Kieselsteine ans Fenster.“

Philipp sprang mit einem Satz aus dem Bett und stellte sich neben Anne.

Die beiden jungen Zauberer aus Camelot standen im Vorgarten. Sie winkten Anne und Philipp lächelnd zu. Dann deutete Teddy auf den Wald von Pepper Hill.

„Sie wollen sich am Baumhaus mit uns treffen“, flüsterte Anne ihrem Bruder zu. „Beeilen wir uns!“

Die Geschwister zogen sich rasch an. Philipp schnappte sich seinen Rucksack, in dem der Dianthus-Zauberstab war. Dann schlichen sie leise nach unten.

Gemeinsam rannten sie über den Hof und weiter in den Wald. Es war Anfang März und die Bäume hatten noch keine Blätter an den Zweigen.

Kathrein und Teddy winkten ihnen schon vom Fenster des Baumhauses aus zu.

Philipp ergriff die Strickleiter und kletterte hinauf – Anne dicht hinter ihm.

Kaum waren die Geschwister im Baumhaus angelangt, rief Anne: „Wir sind ja so froh, euch wiederzusehen!“

„Wohin führt uns Merlins Auftrag diesmal?“, fragte Philipp aufgeregt.

Teddy warf Kathrein einen Blick zu. „Merlin weiß nicht einmal, dass wir hier sind“, gestand er. „Wir sind nicht in seinem Auftrag hier, sondern seinetwegen.“

„Was soll das denn heißen?“, fragte Philipp.

„Merlin geht es nicht gut“, erklärte Kathrein. „Er klagt darüber, dass er alt und gebrechlich wird und dass das Leben voller Sorgen ist. Er schläft und isst kaum ...“

„Oh nein!“, rief Anne. „Was können wir tun, um zu helfen?“

Teddy suchte aus dem Bücherstapel in der Ecke des Baumhauses ein Buch heraus. „Schon immer waren die Menschen auf der Suche nach dem Geheimnis des Glücklichseins. Morgan möchte, dass ihr beide vier dieser Geheimnisse findet, um sie mit Merlin zu teilen. Vermutlich findet ihr das erste hier.“

Philipp nahm das Buch von Teddy und las den Titel laut vor: „Eine Reise ins alte Japan.“

„Wow, super! Wir waren schon einmal in Japan und haben dort ein spannendes Abenteuer mit Ninjas erlebt“, erinnerte sich Anne. „Kommt ihr mit?“

„Leider nicht“, antwortete Kathrein. „Wir müssen wieder nach Camelot.“

„Ihr habt doch den Zauberstab, oder?“, fragte Teddy.

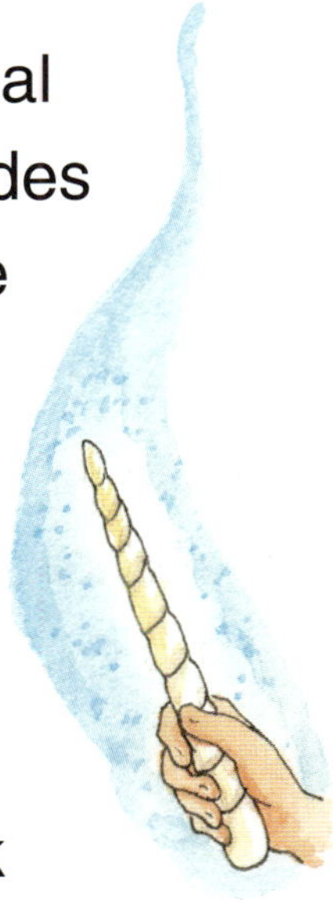

„Ja.“ Philipp griff in seinen Rucksack und holte den Dianthus-Zauberstab heraus, der aussah wie das Horn eines Einhorns.

„Mithilfe dieses Zauberstabes könnt ihr euren eigenen Zauber erfinden“, sagte Teddy. „Es gelten drei Regeln. Die erste lautet: Er bewirkt Gutes nur für andere. Ihr dürft ihn niemals für euch selbst gebrauchen.“

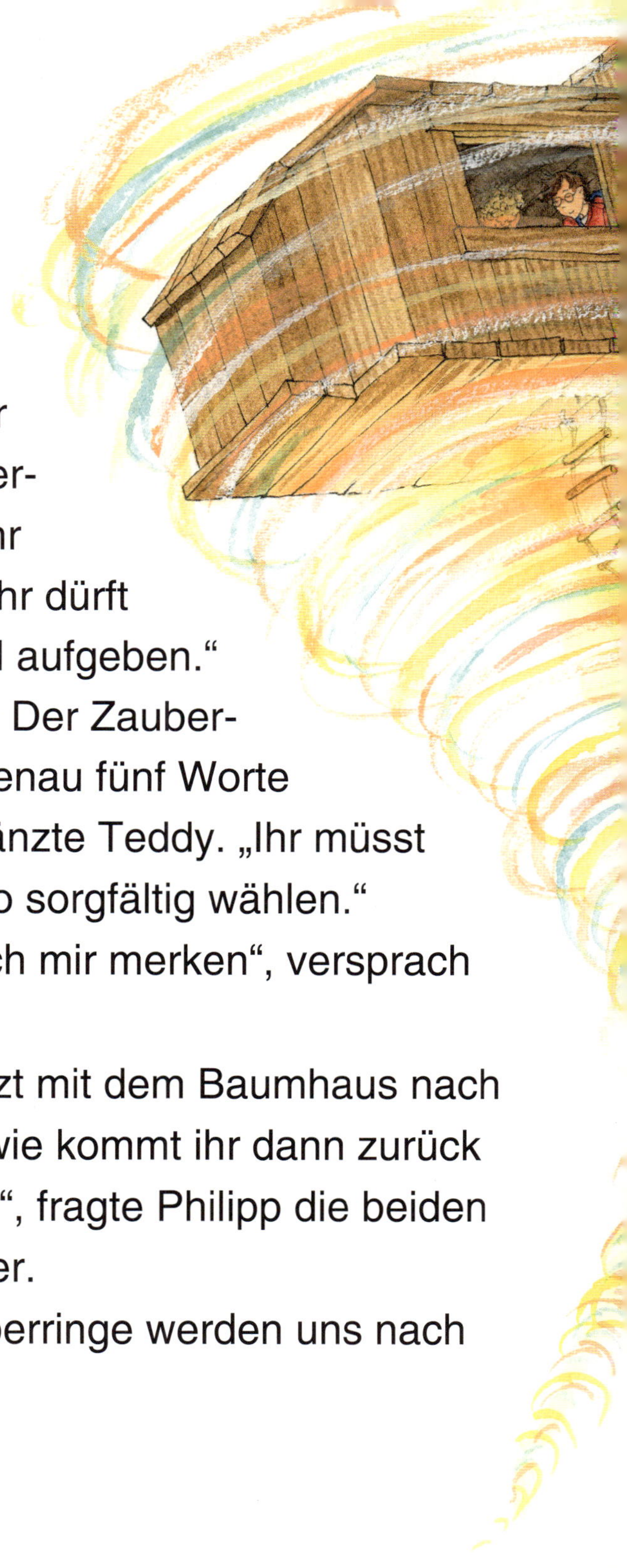

„Zweitens: Der Zauberstab wird nur funktionieren, wenn ihr vorher wirklich alles versucht habt“, fuhr Kathrein fort. „Ihr dürft nicht zu schnell aufgeben.“

„Und drittens: Der Zauberspruch muss genau fünf Worte lang sein“, ergänzte Teddy. „Ihr müsst eure Worte also sorgfältig wählen.“

„Das werde ich mir merken“, versprach Anne.

„Wenn wir jetzt mit dem Baumhaus nach Japan reisen, wie kommt ihr dann zurück nach Camelot?“, fragte Philipp die beiden jungen Zauberer.

„Unsere Zauberringe werden uns nach

Hause bringen“, antwortete Kathrein und hielt dabei ihre Hand mit dem funkelnden blauen Ring hoch.

Kathrein und Teddy flüsterten einige Worte und pusteten dann auf ihre Ringe. Sofort wurden die beiden immer durchsichtiger, bis sie schließlich ganz verschwunden waren.

Es war still im Baumhaus.

Anne wandte sich an Philipp. „Bereit?“, fragte sie.

Philipp nickte. Er deutete auf den Umschlag des Japan-Buchs und sagte: „Ich wünschte, wir wären dort.“

Wind kam auf.

Das Baumhaus fing an, sich zu drehen. Es drehte sich schneller und immer schneller.

Dann war alles wieder still.

Totenstill.

Im kaiserlichen Garten

Als Philipp die Augen wieder aufmachte, fiel mildes Morgenlicht auf den Boden des Baumhauses. Rosa Blüten wuchsen an einem Ast vor dem Fenster.

Philipp und Anne trugen weite Hosen und Seidengewänder mit Schärpen. Ihre Füße steckten in steifen weißen Socken und Strohsandalen. Philipps Rucksack hatte sich in eine Tasche aus Sackleinen verwandelt.

„Wir tragen Kimonos, oder?“, fragte Anne.

„Stimmt!“, sagte Philipp. „Wo genau sind wir eigentlich gelandet?“

Die Geschwister schauten neugierig aus dem Fenster. Unter dem Baumhaus erstreckte sich ein wunderschöner Garten, in dem viele Kirschbäume wuchsen. Ein Wasserfall stürzte in einen funkelnden grünen See.

Philipp schlug das Japan-Buch auf und fand ein Bild, das genau diesen Garten zeigte. Er las vor:

Im 17. Jahrhundert umgab der kaiserliche Garten den Kaiserpalast in der Hauptstadt Japans. Die Stadt hieß Edo. Mitte des 19. Jahrhunderts wurde ihr Name in Tokio geändert.

Ende des 17. Jahrhunderts schottete sich das Land fast völlig von der Außenwelt ab. Es war niemandem erlaubt einzureisen. Die Einwohner Edos wurden regelmäßig kontrolliert, ob sie einen Pass hatten.

„Was genau ist ein Pass?“, fragte Anne.

„Ein Pass ist ein offizielles Dokument, in dem steht, wer du bist“, erklärte Philipp. Er las weiter:

> Jeder, der keinen Pass hatte, wurde als Spion betrachtet und streng bestraft.

„Oje!“, sagte Anne. „Wir haben keinen Pass.“

Philipp nickte. „Ja, das ist ein Problem.“

In der Ferne läutete eine Glocke. Dann hörten sie Pferde. Philipp und Anne duckten sich und hoben ihre Köpfe nur so weit, dass sie aus dem Fenster des Baumhauses spähen konnten. Durch die blühenden Zweige sahen sie einige Leute durch den Garten kommen.

Der Mann, der die Gruppe anführte, läutete die Glocke. Hinter ihm gingen zwei Männer, die Fahnen trugen. Vier Männer ritten auf

Pferden hinterher. Alle trugen weite Hosen und lange Hemden. Ihre Köpfe waren kahl rasiert bis auf einen Knoten schwarzer Haare. Jeder von ihnen trug zwei Schwerter am Gürtel, ein langes und ein kurzes.

Am Ende des Zuges ritt ein Mann mit einem wallenden lilafarbenen Gewand und einem kleinen Hut.

Philipp sah in dem Japan-Buch nach und fand ein Bild von dem Mann. Er las still für sich:

Im 17. Jahrhundert lebte der militärische Befehlshaber, den man Shogun nannte, in einem Palast mit Hunderten von Zimmern mitten im kaiserlichen Garten.

Der Shogun wurde oft von seinen Kriegern begleitet, die man Samurai nannte.

Samurai-Krieger waren bestens ausgebildet in jeder Form der Kampfkunst. Die Regeln der Samurai waren überaus streng. Samurai zeigten niemals ihre Gefühle und konnten sich ungeheuer gut konzentrieren.

„Sie sind weg“, flüsterte Anne.

Philipp schaute aus dem Fenster. Der Shogun und seine Samurai waren auf einem schattigen Weg unter den Bäumen verschwunden.

„Wir sollten den kaiserlichen Garten so schnell wie möglich verlassen“, meinte Philipp. „Sonst werden wir bestimmt erwischt.“

Im Japan-Buch fand er eine Karte von Edo. „Schau“, sagte er und deutete auf die Karte, „wir müssen hier über diese Brücke, die in die Stadt führt. Dann gehen wir in die entgegengesetzte Richtung wie diese Samurai!“

„Also dann los“, meinte Anne und kletterte die Strickleiter hinunter.

Philipp steckte das Japan-Buch ein, schlang die Leinentasche über die Schulter und kletterte vorsichtig nach unten.

Die Geschwister gingen nach Osten. Sie gingen an mehreren Blumenbeeten vorüber, umrundeten einen Teich und bogen schließlich auf einen schmalen Weg zwischen blühenden Kirschbäumen ein.

Gerade als sie unter den Bäumen hervorkamen, bemerkten Anne und Philipp vier Männer, die in ihre Richtung kamen. Einer der Männer war kleiner und älter als die anderen. Er trug einen Strohhut, einen

zerfledderten braunen Mantel und stützte sich auf einen Stock. Die anderen drei hatten ihre Köpfe rasiert – bis auf einen kleinen Haarknoten auf der Kopfmitte. Von ihren Gürteln baumelten Schwerter.

„Samurai“, flüsterte Philipp. „Renn!“

Philipp und Anne drehten um und rannten den schmalen Weg zurück.

„Halt!“, schrie einer der Samurai.

Philipp griff nach Annes Hand und stolpernd blieben sie stehen. Außer Atem erwarteten sie die drei Samurai, die auf sie zukamen.

„Wer seid ihr?“, rief einer der Samurai und zog sein Schwert. „Seid ihr Spione?“

Philipp wollte gerade antworten, als er eine Stimme hörte: „Baku! Koto!“ Der Mann mit dem Stock und dem Strohhut eilte auf sie zu. „Was macht ihr denn hier?“, fragte er Anne und Philipp. „Wieso habt ihr nicht an der Brücke auf mich gewartet?“

Die schwebende Welt

Die drei Samurai wandten sich zu dem Mann mit dem Stock. „Ihr kennt die beiden Kinder, Meister?“, fragte einer.

„Natürlich!“, antwortete der Mann. „Das sind Baku und Koto, meine beiden besten Schüler.“

„Hallo, Meister!“, sagte Anne und tat so, als ob sie den Mann kennen würde. „Wir haben die Brücke nicht gefunden und … äh …“

„… deshalb haben wir Euch gesucht!“, ergänzte Philipp.

„Nun habt ihr mich ja gefunden.“ Der Mann lächelte. „Es tut mir leid, dass meine Freunde euch erschreckt haben.“

Der Samurai wandte sich an den Mann. „Wir lassen Euch nun mit Euren Schülern allein“, sagte er. „Habt Dank, verehrter Meister, für Euren Besuch bei uns.“ Alle drei Krieger verbeugten sich vor dem Mann, dann gingen sie davon.

Als die Samurai nicht mehr zu sehen waren, sagte der Mann: „Jetzt seid ihr in Sicherheit.“

„Vielen Dank“, sagte Anne, „aber ich fürchte, wir sind nicht Baku und Koto.“

„Aber Spione seid ihr auch keine, oder?“, fragte der Mann.

„Nein“, bestätigte Philipp.

„Das habe ich mir gedacht“, meinte der Mann. „Deshalb habe ich vermutet, dass ihr meine Hilfe brauchen könntet. Wer seid ihr wirklich und wie kommt ihr in den kaiserlichen Garten?“

„Wir heißen Anne und Philipp“, antwortete Philipp.

„Wir sind hierhergekommen, um das Geheimnis des Glücklichseins zu finden“, erklärte Anne.

Der Mann lachte. „Danach suchen wir alle, oder? Ihr müsst sehr vorsichtig sein. Der Shogun erlaubt es nicht, dass Fremde in unser Land kommen. Wenn ihr ohne Pässe erwischt werdet, droht euch eine schwere Strafe!“

„Das wissen wir“, sagte Anne. „Aber was sollen wir tun?“

„Vielleicht könntet ihr ein Stück mit mir weiterreisen“, schlug der Mann vor. „Ihr könntet für heute meine Schüler Baku und Koto bleiben. Beobachtet die Menschen in Edo und verhaltet euch so wie sie. Wenn ihr nicht auffallt, werden die Samurai euch nicht bemerken.“

„Verstanden!“, sagte Anne.

„Dann kommt“, sagte der Mann und ging mit schnellen Schritten voraus.

Philipp und Anne liefen ihm hinterher. „Wie heißen Sie eigentlich?“, fragte Anne.

„Meine Freunde nennen mich Basho“, erwiderte der Mann. „Ich bin Lehrer der Samurai. Heute haben sie gelernt, der Grille im Holzstapel zuzuhören und zu denken wie ein Frosch.“

„Klingt cool!“, meinte Philipp. Er erinnerte sich daran, dass die Ninjas auch die Geheimnisse der Natur benutzten, um ihre Feinde besser zu bekämpfen.

Basho führte Anne und Philipp zu einer breiten Steinbrücke, die über einen Graben verlief. Dann folgten sie einem Pfad hinunter zum Fluss.

Basho ging auf zwei Fischer zu, die Weidenkörbe in ihr Boot luden.

„Dürfen meine Schüler und ich mit euch den Fluss hinabfahren?“, fragte er.

„Natürlich, Meister Basho!“, antwortete einer der Männer. „Es ist uns eine große Ehre, Euch in unserem Boot mitnehmen zu dürfen.“

„Vielen Dank!“, sagte Basho.

Philipp und Anne bestiegen hinter Basho das Boot und setzten sich neben die Weidenkörbe.

Einer der Fischer band das Boot los. Ein anderer stieß es mit einer langen Stange von der Anlegestelle ab. Dann lenkten die Männer das Boot mithilfe langer Stangen auf den Fluss.

Als das Boot unter einer Brücke fuhr, gerieten sie

fast auf Grund. Basho, Anne und Philipp wurden nach vorne geschleudert.

„Vergebt uns, Meister!“, rief einer der Fischer Basho zu. „Der Fluss führt ziemlich wenig Wasser.“

„Es hat schon so lange nicht mehr geregnet“, meinte der andere Fischer. „Wir machen uns große Sorgen!“

Anne drehte sich zu Basho um. „Warum genau machen sie sich alle Sorgen?“

„Wenn es so trocken ist, fürchten sich die Menschen in Edo vor Feuer“, erzählte Basho. „Während einer langen Trockenzeit vor vielen Jahren wurde die halbe Stadt bei einem fürchterlichen Feuer zerstört.

Seitdem haben wir alle sehr hart gearbeitet, um die Hauptstadt wiederaufzubauen. Jetzt ist Edo noch schöner als vorher."

Der Bootsverkehr wurde dichter. Das Fischerboot glitt zu einer belebten Anlegestelle neben einem Markt. Dort verkauften Männer und Frauen Fische und andere Meeresfrüchte aus Körben, die sie an Stangen über ihren Schultern trugen.

Die Fischer machten das Boot am Anleger fest. Philipp und Anne warteten auf dem Bootssteg, während Basho der Mannschaft half, die Körbe auszuladen.

Dann führte Basho Anne und Philipp weg vom Markt. Bald erreichten sie eine Straße voller Fußgänger und Reisender auf Pferden.

Sie mischten sich unter die Menschen, die über eine große Brücke liefen. Philipp vermied es, jemandem in die Augen zu schauen.

„Das hier ist die Große Brücke“, erklärte Basho. „Sie führt aus dem Herzen Edos hinaus.“

„Und was ist das dort für ein Berg?“, fragte Anne. Sie deutete in die Ferne auf einen Berg mit schneebedeckter Spitze. Die weiße Kuppe des grauen Berges erhob sich über rosaroten Schäfchenwolken.

„Das ist ein Vulkan, der Fudschijama heißt“, antwortete Basho.

„Das ist der höchste Berg in Japan, oder?“, fragte Philipp.

„Ja, und der schönste!“, bestätigte Basho.

Philipp sah sich um. „Eigentlich ist hier alles wunderschön“, dachte er. „Die bunten Sonnenschirme der Passagiere auf den Fähren, die rosafarbenen Kirschblüten am Ufer, die weißen Möwen am Himmel …“

„Ich mag Japan“, flüsterte Philipp.

„Ich auch“, sagte Basho. „Wir nennen unser Land deshalb die schwebende Welt, weil es auf Schönheit zu schweben scheint.“

Als Philipp über die Große Brücke ging, hatte er das Gefühl, als ob auch er in dieser schwebenden Welt schweben würde.

Samurai!

Basho führte Anne und Philipp über die Große Brücke und dann in eine belebte Straße. Sie kamen zu einer Bühne am Flussufer, auf der ein Puppentheater aufgeführt wurde. Die Puppenspieler bewegten eine riesige Drachenpuppe über die Bühne. Seitlich stand ein Mann und erzählte den Zuschauern eine Geschichte.

„Er erzählt die Legende des Wolkendrachen", erklärte Basho. „Der Wolkendrache ist eines der Wachtiere der vier Himmelsrichtungen. Er kann fliegen und herrscht über die Regenwolken."

Dann gingen sie weiter zu einem kleinen Teehaus, dessen Vorderseite offen war. Am Eingang zog Basho seine Sandalen aus. Philipp und Anne folgten seinem Beispiel. Sie stellten ihre Sandalen zu den Schuhen, die andere Leute hier schon abgestellt hatten.

Basho führte Anne und Philipp zu einem Tisch und ließ sich im Schneidersitz auf der Strohmatte nieder. Anne und Philipp setzten sich ebenfalls. Ein Kellner kam zu ihrem Tisch. Er reichte Philipp, Anne und Basho feuchte, warme Tücher.

Die Geschwister sahen zu,

wie Basho seine Hände damit säuberte, und machten es ebenso. Dann gaben sie dem Kellner die Tücher zurück.

„Ich hätte bitte gern Sushi-Teller für mich und meine Schüler“, bestellte Basho.

Der Kellner verbeugte sich und ging.

Während sie auf ihr Essen warteten, beobachtete Philipp die anderen Gäste. Sogar die kleinen Kinder aßen schon mit Stäbchen. Aber Anne und er hatten es in den asiatischen Restaurants zu Hause noch nie so richtig geschafft, mit Stäbchen zu essen.

Schon brachte der Kellner drei Teller mit kleinen Reisküchlein, die in dunkelgrüne papierartige Streifen gewickelt waren. Außerdem brachte er noch Servietten und Stäbchen.

Nachdem der Kellner sich wieder entfernt hatte, erklärte Basho leise, sodass es außer Anne und Philipp niemand hören konnte: „Wir nennen das hier Sushi. Es ist Reis mit einem Stückchen rohem Fisch in der Mitte."

„Und was ist das hier?", fragte Anne und deutete auf die papierartige Hülle.

„Seetang“, antwortete Basho.

Philipp war so hungrig, dass er bereit war, alles zu probieren, selbst rohen Fisch und Seetang. Nur die Stäbchen bereiteten ihm Probleme.

Ohne weiter nachzudenken, nahm er ein Stück in die Hand und stopfte es sich in den Mund.

„Hmmm!“, machte Philipp.

Doch dann erstarrte er vor Schreck: Von einem der anderen Tische blickten ihn zwei Samurai misstrauisch an. Einer der Männer hatte eine lange Narbe im Gesicht.

„Sie haben gesehen, dass ich nicht mit Stäbchen essen kann!“, dachte Philipp erschrocken. „Bestimmt haben sie gemerkt, dass ich nicht aus Japan komme!“ Er nahm ein weiteres Stück Sushi zwischen die Stäbchen. Die Samurai beobachteten ihn mit Adleraugen.

Philipps Hand zitterte. Er versuchte, ganz ruhig zu bleiben, und strengte sich an, seine Furcht nicht zu zeigen. Philipp konzentrierte sich darauf, sein Sushi-Stück mit den Stäbchen zu halten. Er führte das Sushi zum Mund und aß es völlig gelassen. Auch sein letztes Stück Sushi aß er seelenruhig auf.

Als Philipp wieder zu den Samurai hinüberschaute, beachteten sie ihn gar nicht mehr.

Als sie aufgegessen hatten, bezahlte Basho für ihre Mahlzeiten. Dann zogen sie am Eingang wieder ihre Schuhe an. Doch als sie sich auf den Weg machen wollten, traten die zwei Samurai aus dem Teehaus vor die Geschwister.

„Entschuldigung“, sagte einer der Samurai. „Dürfen wir bitte eure Pässe sehen?“

Ein ausgezeichneter Schüler?

Basho trat einen Schritt nach vorn. Als die beiden Samurai ihn erkannten, verbeugten sie sich. „Guten Tag, Meister!“

„Guten Tag“, grüßte Basho. „Das sind meine Schüler, Koto und Baku. Ich fürchte, sie haben ihre Pässe heute vergessen.“

„Die beiden sind Eure Schüler?“, fragte der Samurai mit der Narbe.

„Ja, sogar ganz ausgezeichnete Schüler“, sagte Basho. „Sie haben viel Talent.“

Die beiden Samurai sahen Philipp und Anne neugierig an. „Würdet ihr euer Talent mit uns teilen?“, bat einer der beiden lächelnd.

„Welches Talent meint er?“, dachte Philipp verzweifelt. „Vielleicht irgendein Samurai-Kampf-Talent?“

Basho bemerkte Philipps Ratlosigkeit. „Vielleicht könntet ihr beide eins von euren Gedichten aufsagen“, schlug er vor.

„Ein Gedicht?“, wiederholte Philipp heiser.

„Natürlich“, sagte Anne. „Hier kommt ein Gedicht!“ Sie holte tief Luft und begann:

„Funkle, funkle, kleiner Stern,
wer du bist, wüsst’ ich so gern.
Ganz hoch über dieser Welt,
wie ein Diamant am Himmelszelt.“

Der Samurai mit der Narbe nickte. „Sehr gut, Koto“, lobte er. Die beiden Samurai wandten sich an

Philipp. „Und du, Baku?“, fragte einer.

Philipp starrte die beiden an. Ihm fiel kein Gedicht ein. Nicht einmal ein Kinderreim. „Äh … Hm, mal sehen …“ Er räusperte sich und fing an:

„Ich liebe Japan.
Oh Mann, ja!
Ich finde Japan toll!
Das schöne Land Japan
ist wirklich cool!“

Philipp biss sich auf die Unterlippe. Er wusste genau, dass sein Gedicht schlecht war. Er warf Anne einen Blick zu und sah, dass sie sich große Mühe gab, nicht zu lachen.

Einer der Samurai sagte zu Basho: „So, so, das ist ein ausgezeichneter Schüler?“

Basho nickte. „Baku muss natürlich noch viel lernen, aber Talent hat er!“

In diesem Augenblick schlug eine Trommel und die Samurai schauten sich verwirrt um.

Philipp, Anne und Basho verließen rasch den Platz, während die Samurai abgelenkt waren, und mischten sich unter die vielen Leute, die auf der Straße ihre Einkäufe erledigten.

Sie überquerten eine kleine Brücke

und folgten Basho auf einen Pfad, der am Fluss entlangführte. Sie gelangten auf eine Lichtung, die nicht weit vom Flussufer entfernt war.

In der Mitte der Lichtung lag ein Teich. Moosbewachsene Steine führten zu einer kleinen Bambushütte, neben der ein niedriger Baum mit herabhängenden grünen Blättern stand.

„Willkommen in meinem Palast!“, sagte Basho.

Der kleine Palast

„Das ist Ihr Palast?“, fragte Philipp.

„In meinem Herzen ist meine bescheidene Hütte viel großartiger als die Paläste der Samurai“, erklärte Basho. „Und mein Bananenbaum ist für mich tausendmal schöner als der kaiserliche Garten!“

Die Hütte wirkte schäbig. Der kleine Bananenbaum sah dürr aus und es hingen keine Bananen an ihm.

„Tretet doch bitte ein“, sagte Basho. Er zog seine Sandalen aus und ging durch die niedrige Tür.

Auch Philipp und Anne zogen ihre Schuhe aus und betraten den kleinen Raum.

Die einzigen Möbel waren ein Holztisch und eine schlichte Bambustruhe. Auf dem Lehmboden lagen drei Strohmatten, auf die sich Philipp und Anne setzten.

Basho zündete eine Öllampe an und machte dann Feuer. „Ich werde uns Tee kochen“, erklärte er. „Ich hole uns Wasser vom Fluss.“

Nachdem Basho gegangen war, schauten Anne und Philipp sich an. „Das hier ist dann wohl ein Drei-Matten-Haus“, meinte Anne.

Philipp nickte. „Dabei würde man doch annehmen, dass ein angesehener Lehrer der Samurai mindestens ein Hundert-Matten-Haus hat! Wer Basho wohl ist?“

„Wenn er so bekannt ist, steht vielleicht etwas über ihn in unserem Buch. Schlag doch mal nach“, schlug Anne vor.

„Gute Idee“, sagte Philipp. Er zog das Buch aus seiner Tasche. Im Licht des

Feuers suchte er im Stichwortverzeichnis nach dem Namen Basho. Er schlug die entsprechende Seite auf und las vor:

> Basho war einer der berühmtesten Dichter Japans. Er schrieb wunderschöne kurze Gedichte, die die Menschen heute noch ebenso berühren wie in der Edo-Zeit.

„Dann ist Basho also ein sehr berühmter Dichter!“, rief Anne.

„Aber wieso wohnt er dann in einem so schäbigen Haus?“, fragte Philipp.

In dem Moment kam Basho mit einem Eimer Wasser zurück. Rasch schlug Philipp das Buch zu und steckte es wieder ein.

Basho goss das Flusswasser in einen Eisentopf, der über dem Feuer hing. Aus der Bambustruhe holte er drei Schälchen und gab Teeblätter hinein.

Als das Wasser heiß war, goss Basho ein wenig über die Teeblätter und reichte Philipp und Anne je ein Schälchen.

„Hmmm, ein interessanter Geschmack", sagte Anne, als sie probiert hatte. „Basho, Philipp wundert sich darüber, dass Sie in so einem schäbigen Haus wohnen, obwohl Sie ein bekannter Dichter sind."

„Anne!", rief Philipp verlegen.

Basho lachte. „Vor langer Zeit machte ich eine Ausbildung zum Samurai", erzählte er.

„Aber ich war nicht glücklich dabei. Ich wollte dichten. Ein Dichter muss nicht in einem Palast leben. Ein Dichter muss den Wind und die Wolken um sich haben, die Blumen und die Vögel. Hier habe ich meinen kleinen Garten und meinen Bananenbaum. Ich höre den Fluss. Hier habe ich alles, was ich brauche, um zu dichten."

„Worüber schreiben Sie denn?", fragte Anne.

„Über die kleinen Dinge", erwiderte Basho. „Über einen Specht, der an einem Baum hämmert, über Tannennadeln, die der Wind verweht … Ein Dichter findet in all den kleinen Dingen der Natur das Schöne."

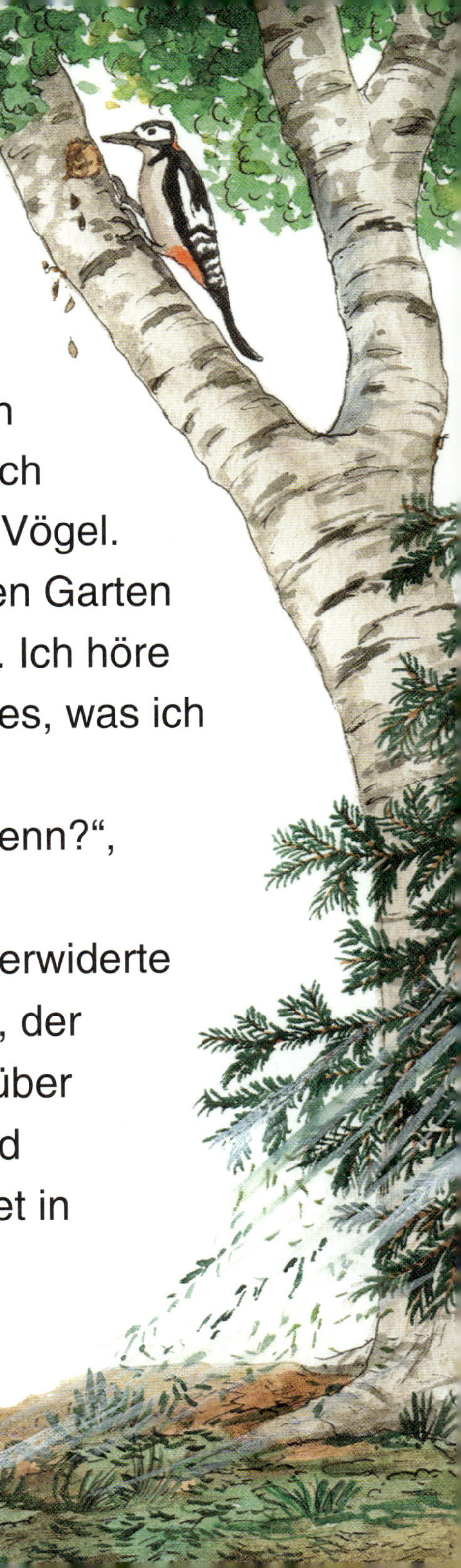

„Sie unterrichten die Samurai im Dichten?“, wollte Philipp wissen.

„Ja, die Samurai schätzen die Dichtkunst sehr“, erklärte Basho. „Dichten hilft ihnen dabei, sich zu konzentrieren. Ein mutiger Krieger muss selbst dann noch in der Lage sein, ein Gedicht zu verfassen, wenn um ihn herum eine Schlacht tobt.“

„Würden Sie uns eines Ihrer Gedichte vortragen?“, bat Anne.

Basho holte unter dem Tisch eine hölzerne Schachtel hervor und nahm ein Stück Papier heraus. Dann las er vor:

„Am uralten Teich
springt ein Frosch vom Uferrand –
ein Ton im Wasser.“

„Hm“, sagte Philipp. „Ein guter Anfang.“

„Das ist nicht nur ein Anfang“, widersprach Basho. „Das ist schon das gesamte Gedicht: Es ist ein kleiner Moment, den ich in Worten gefangen habe.“

Philipp nickte nachdenklich. Es kam ihm vor, als ob er dabei gewesen wäre. Genau dort, am uralten Teich. Als ob er gehört hätte, wie der Frosch ins Wasser gesprungen war und damit die Stille unterbrochen hatte.

„Wenn es euch gefällt, schenke ich es euch.“ Basho reichte Philipp das Stück Papier.

„Danke“, sagte Philipp. Er steckte das Gedicht in seine Tasche, als von weit her eine Glocke ertönte.

„Die Tempelglocken! Es ist Zeit, sich auszuruhen“, erklärte Basho. „Ich werde draußen unter den Sternen schlafen. Ihr könnt hier drinnen bleiben.“ Basho nahm sich eine der Matten und ging nach draußen. Die Tür machte er hinter sich zu.

Das Feuer im Kamin war niedergebrannt

und auch das Licht der Öllampe war fast ausgegangen. Philipp und Anne lagen auf den Strohmatten. Hinter dem Ofen zirpte eine Grille. Durch das offene Fenster fiel das Mondlicht auf den Fußboden.

Philipp schob seine Hand auf den blassen Mondlichtfleck.

„Ich fühle mich, als ob ich Mondlicht in meiner Hand hielte“, flüsterte Philipp.

„Klingt wie ein Gedicht“, meinte Anne.

„Stimmt … Vielleicht sollte ich es mir aufschreiben …“, murmelte Philipp. Doch stattdessen schlief er ein.

Glocken in der Nacht

Philipp schlug die Augen auf.

Glocken läuteten mitten in der Nacht – ein warnendes Bimmeln.

Es roch nach Rauch. Philipp und Anne stolperten zur Tür.

Basho stand auf dem Hof und schaute in die Morgendämmerung. Der Himmel war schwarz vor Qualm.

„Brennt es irgendwo?“, fragte Philipp.

„Ja“, antwortete Basho. „Es muss ein großes Feuer sein, denn die Glocken vom Wachturm hören gar nicht mehr auf zu läuten. Genau davor haben wir uns immer gefürchtet. Ich muss los und helfen, das Feuer zu bekämpfen!“

„Wir werden mithelfen!“, rief Philipp sofort.

„Aber wenn das Feuer sich ausbreitet, müsst ihr mir versprechen, hierher zum Fluss zurückzukehren!“, bestimmte Basho.

„Das versprechen wir“, sagte Anne.

„Dann nehmt einen Eimer mit und kommt!“, drängte Basho.

Philipp holte einen Holzeimer aus der Hütte und rannte zurück nach draußen.

Die Glocken läuteten ohne Unterlass, während Basho, Anne und Philipp am Tempel vorübereilten und die Fußgängerbrücke überquerten.

Sie eilten weiter durch den Qualm, bis sie auf einem Holzlagerplatz standen. In Hunderten von Holzstapeln knatterten die Flammen hoch in den Himmel. Die Löschmannschaften reichten Wassereimer in einer langen Menschenkette weiter bis zum Fluss. Andere schwangen riesige Fächer, um zu verhindern, dass der Wind die Flammen weitertrug.

„Ihr helft bei der Eimerkette“, wies Basho Anne und Philipp an. „Holt das Wasser aus dem Fluss!“

Basho half einem Mann, der mit einer feuchten Decke auf die Flammen einschlug, um diese zu ersticken. Philipp und Anne rannten hinunter zum Fluss und füllten ihren Eimer mit Wasser.

Mit all ihrer Kraft trugen sie ihren Eimer gemeinsam die Uferböschung hinauf.

Wieder und wieder schleppten sie volle Wassereimer vom Fluss zur Löschtruppe. Jeder gab sein Bestes im Kampf gegen das große Feuer. Trotzdem schossen die Flammen weiterhin hoch in den Himmel.

Einige Menschen fingen an, bitterlich zu weinen. Direkt vor ihren Augen würde Edo in Flammen aufgehen!

„Es ist hoffnungslos“, sagte Philipp.

„Gar nicht!“, widersprach Anne. „Wir können doch den Zauberstab benutzen.“

„Natürlich!“, rief Philipp erleichtert. „Aber der ist in meiner Tasche – und die ist in Bashos Haus.“

„Wir müssen ihn holen!“, sagte Anne entschlossen. Dann rannten die Geschwister los zu Bashos Haus.

Sie stürmten in die kleine Hütte und Anne schnappte sich den Zauberstab aus der Leinentasche, wedelte damit und sprach: „Lösch sofort das Feuer in Edo!“

„Es funktioniert nicht“, jammerte Philipp. „Der Spruch war bestimmt falsch.“

„Aber wir wünschen uns doch etwas Gutes für andere und haben vorher wirklich alles versucht“, zählte Anne auf.

„Fünf Worte!“, rief Philipp. „Wir dürfen nur fünf Worte sagen!“

„Genau!“, rief Anne. Sie wedelte noch einmal mit dem Zauberstab durch die Luft. „Lösche jetzt das Feuer!“

„Noch ein Wort!“, drängte Philipp.

„Bitte!“, fügte Anne hinzu.

Auf einmal wurden die Geschwister von strahlendem Licht geblendet. Es wehte ein eisiger Wind. Philipp und Anne standen auf einem Felsvorsprung im Gebirge.

Der Wolkendrache

Philipp sah sich im hellen Morgenlicht um. Rosa Wolken segelten wie Zuckerwatte über den Himmel. Zwischen den Wolken sah er Hügel, die in schwarzen Rauch gehüllt waren – unter dem Qualm brannte die Stadt Edo.

„Ich glaube, wir sind auf dem großen Vulkan Fudschijama“, sagte Anne.

„Das ist doch verrückt!“, rief Philipp. „Wieso sind wir hier auf dem Berg? Edo brennt. Dort sollten wir sein!“

„Vielleicht hat der Zauberstab uns nicht verstanden“, meinte Anne. „Vielleicht wollte er uns retten und hat uns in Sicherheit gebracht?“

Plötzlich zogen sich die Wolken zusammen und türmten sich auf. Sie wirbelten und waberten in einem Farbenmeer von Rosa, Gold, Grau und Weiß.

Da erhob sich der riesige Kopf eines Monsters aus den Wolken.

„Aaaah!“, schrien Anne und Philipp. Sie duckten sich hinter einen Felsvorsprung.

Durch die herumwirbelnden Wolken konnten sie den schlangenartigen Körper des Drachen sehen. Der Drache

war von schimmernden Schuppen bedeckt. Mit seinen Klauen hielt er sich am Berghang fest.

Da sprang Anne auf und rief: „Das ist der Wolkendrache! Das Puppentheater, erinnerst du dich nicht? Der Zauberstab hat den Drachen hergebracht! Er macht den Regen. Er herrscht über die Regenwolken."

Der Drache senkte seinen gewaltigen Kopf und legte ihn auf den Felsvorsprung. Seine Schuppen glänzten im Morgenlicht. Er lag ganz still, als ob er auf etwas wartete.

„Wir müssen auf seinen Rücken klettern“, sagte Anne.

„Was?!“, rief Philipp entsetzt.

„Na, wir müssen doch mit ihm zurück nach Edo fliegen“, erklärte seine Schwester. „Wir müssen dem Drachen zeigen, was er tun soll.“

Anne kletterte mutig auf den Rücken des Wolkendrachen. Philipp stieg hinter ihr auf.

„Flieg über das Feuer und lass es regnen!“, rief Anne.

Der Wolkendrache glitt vom Felsvorsprung durch das Wolkenmeer. Als sie über Edo waren, stiegen dicke schwarze Wolken und rote Flammen zu ihnen hinauf.

„Jetzt!“, rief Philipp. „Lass es regnen!“

Der Wolkendrache legte den Kopf in den Nacken. Große dunkle Wolken segelten aus seinem Maul. Sie verteilten sich am Himmel – und dann ergoss sich Regen über die Stadt.

Es regnete auf den kaiserlichen Garten, auf die Große Brücke, auf die Teehäuser, die Tempel und den Holzlagerplatz. Nach und nach wusch der Regen den Rauch und die Flammen einfach weg.

„Das Feuer ist gelöscht!“, jubelte Philipp.

Der gigantische Drache schlängelte sich durch die dunklen Wolken. Über dem Fluss bäumte er sich auf, sodass Anne und Philipp sich nicht länger halten konnten und rückwärts hinunterfielen.

Platsch! Platsch!

Die Geschwister tauchten unter und kämpften sich zurück an die Wasseroberfläche. Dann schwammen sie ans Ufer und ließen sich in den Schlamm sinken. Riesige Regentropfen fielen ihnen aufs Gesicht. Von dem Wolkendrachen war nichts mehr zu sehen. Doch der kühle Regen fiel weiter.

Die Blumen von Edo

Philipp und Anne standen auf und gingen am Ufer entlang. Sie stapften durch den Schlamm zu Bashos Haus.

„Oh nein!“, rief Anne. „Sieh nur!“

Auf der Lichtung regnete es auf die verkohlte Ruine von Bashos Haus. Das Dach und die Bambuswände der kleinen Hütte waren eingestürzt.

Der berühmte Dichter saß auf einem Holzstamm neben seinem Bananenbaum im Regen. Er war voller Ruß und hielt seine Schreibkiste in der Hand.

„Basho!“, rief Anne.

Basho sah erleichtert auf. „Ich bin sehr froh, dass es euch gut geht“, sagte er.

„Und wir sind froh, dass Sie in Sicherheit sind“, antwortete Philipp.

Die Geschwister setzten sich neben Basho. Eine ganze Weile sprach niemand. Dann brach Anne das Schweigen und sagte: „Zum Glück haben Sie Ihren Bananenbaum noch! Es hört sich schön an, wenn der Regen auf seine Blätter fällt.“

„Ja, ich mag das Geräusch auch sehr“, sagte Basho und hielt dann seine hölzerne Schachtel hoch. „Außerdem habe ich ja noch meine Gedichte.“

„Keine Sorge“, tröstete Anne ihn. „Man kann alles wiederaufbauen!“

Basho lächelte. „Das stimmt. Nur leider habt ihr nun keine Unterkunft mehr!“

„Das macht nichts“, beruhigte Anne ihn.

„Wir müssen sowieso zurück nach Hause. Dafür müssen wir aber zum kaiserlichen Garten."

„Dann kommt, ich werde euch begleiten", sagte Basho.

Er nahm seinen Stock und führte Philipp und Anne am Ufer des Flusses entlang. Basho winkte ein Fährboot heran.

Sie gingen an Bord und saßen zu dritt auf einer Holzbank.

„Seid gegrüßt, Meister Basho!“, sagte der Steuermann. „Der Regen war ein echtes Wunder, nicht wahr?“

„Das war er wirklich“, bestätigte Basho.

„Der Wolkendrache ist gerade noch rechtzeitig gekommen, oder?“, fragte Anne.

Basho lächelte ihr zu. „Ich fürchte, dass leider niemand mehr an den Wolkendrachen glaubt, Anne“, sagte er. „Trotzdem ist es nett, so zu tun als ob, oder?“

Während das Fährboot flussaufwärts fuhr, hörte es auf zu regnen. Die Sonne brach durch die Wolken.

Am kaiserlichen Garten stiegen Basho, Anne und Philipp aus. Sie spazierten auf den Pfaden am Teich vorüber. Überall sangen Vögel und die Sonne schien in das Baumhaus hoch oben im Kirschbaum.

Philipp blieb stehen. „Von hier aus kennen wir den Weg“, sagte er zu Basho.

„Seid ihr sicher?“, fragte Basho.

„Ja, ganz sicher!“, sagte Anne. „Wenn wir erst einmal unterwegs sind, ist die Reise sehr einfach.“

Basho nickte. „Das erinnert mich an einen Satz des großen Samurai Musashi. Er sagte:

‚Auch eine Reise von über tausend Kilometern beginnt mit einem ersten Schritt.‘“

Basho verbeugte sich vor ihnen. Dann wandte sich der Dichter um und ging.

Die Tausend-Kilometer-Reise

Die Geschwister liefen zur Strickleiter und stiegen nach oben. Im Baumhaus nahm Philipp sich das Pennsylvania-Buch und schlug es auf. „Und wie ein berühmter Samurai schon sagte:
‚Auch eine Reise von über

tausend Kilometern beginnt mit einem ersten Schritt'", zitierte er.

„Oder mit einem ersten Satz!", meinte Anne lächelnd.

Philipp lachte und deutete auf das Bild. „Ich wünschte, wir wären wieder zu Hause."

Anne schluckte. „Warte mal!", rief sie. „Wir haben unsere Aufgabe vergessen!"

Aber da kam auch schon der Wind auf. Das Baumhaus fing an, sich zu drehen. Es drehte sich schneller und immer schneller. Dann war alles wieder still. Totenstill.

Die Morgenluft war kalt. Philipp und Anne waren wieder in Pepper Hill.

„Wir haben völlig vergessen, nach dem Geheimnis des Glücklichseins zu suchen!", sagte Anne entsetzt.

„Oh Mann", seufzte Philipp.

„Wir haben noch nie vergessen, unsere Aufgabe zu lösen", jammerte Anne und war den Tränen nahe.

„Beruhige dich", beschwichtigte Philipp seine Schwester. „Vielleicht haben wir das Geheimnis des Glücklichseins ja gefunden und wissen es gar nicht?"

„Du meinst, wir sollten überlegen, ob wir irgendwann ganz besonders glücklich waren?“, fragte Anne.

„Ja“, sagte Philipp.

„Ich war glücklich, als wir auf dem Drachen geritten sind!“, rief Anne.

„Und ich war richtig glücklich, als ich auf der Strohmatte in Bashos Haus lag und das Mondlicht auf dem Boden berührt habe“, sagte Philipp.

„Stimmt“, erinnerte sich Anne. „So wie Basho gesagt hat: Man muss das Schöne in den kleinen Dingen im Leben sehen. Wie in seinem Gedicht über den Frosch, der ins Wasser hüpft.“

„Ich glaube, das ist es“, überlegte Philipp. „Das Geheimnis des Glücklichseins besteht darin, dass man auf die kleinen Dinge in der Natur achtet.“

„Wahnsinn!“, staunte Anne. „Ich finde, das ist ein Geheimnis, das wir gut mit Merlin teilen können, oder?“

„Ja“, stimmte Philipp ihr zu. „Und mit Bashos Gedicht wird Merlin das bestimmt verstehen.“

„Genau!“, rief Anne.

„Also los, gehen wir“, sagte Philipp.

Die Geschwister kletterten die Strickleiter nach unten.

Während sie durch den Wald gingen, fielen

Philipp Dinge auf, die er nie zuvor bemerkt hatte. Er entdeckte winzige blaue Blümchen, die aus dem winterlich kahlen Waldboden sprossen. Er bemerkte die Blätterknospen an den Zweigen und die helle Märzsonne.

„Es ist fast so, als ob ich den Frühling zum allerersten Mal sehen würde“, dachte er.

Philipp war richtig froh – ja, sogar glücklich, während er mit Anne nach Hause ging.

Mary Pope Osborne lernte schon als Kind viele Länder kennen. Mit ihrer Familie lebte sie in Österreich, Oklahoma, Florida und anderswo in Amerika. Nach ihrem Studium zog es sie wieder in die Ferne und sie reiste viele Monate durch Asien. Schließlich begann sie zu schreiben und ist damit außerordentlich erfolgreich. Bis heute sind schon über fünfzig Bücher von Mary Pope Osborne erschienen. *Das magische Baumhaus* ist in den USA und in Deutschland eine der beliebtesten Kinderbuchreihen.

Jutta Knipping, geboren 1968, hat erst eine Ausbildung zur Druckvorlagenherstellerin absolviert, bevor sie in Münster Visuelle Kommunikation studierte. Schon während ihres Studiums hat sie erste Bücher illustriert. Mittlerweile ist sie freiberuflich als Grafikdesignerin und Illustratorin tätig. Jutta Knipping lebt mit ihrem Mann und zwei Kindern in der Nähe von Osnabrück und lässt sich von ihren Katern Leo und Micki gern bei der Arbeit zugucken.

Das magische Baumhaus junior

Band 30
ISBN 978-3-7432-1277-0

Band 31
ISBN 978-3-7432-1278-7

Band 32
ISBN 978-3-7432-1279-4

Band 33
ISBN 978-3-7432-1280-0

Loewe
Das will ich lesen!